AF233654

ESSAI POÉTIQUE

SUR QUELQUES PIÈCES

DU

THÉATRE ITALIEN.

Bonnet.

SE TROUVE,

Chez B R U N E T, Libraire , rue de Marivaux ;

ET AU PALAIS ROYAL,

Chez tous les Marchands de nouveautés.

ESSAI POÉTIQUE

SUR QUELQUES PIÈCES

DU

THÉATRE ITALIEN.

HOMMAGE A MADAME DUGAZON.

Par M. BONNET.

A PARIS,

DE L'IMPRIMERIE DE MONSIEUR.

M. DCC. LXXXVI.

En me hasardant à publier ces vers, où
je rends hommage à une Actrice juste-
ment célèbre, je lui dois et me dois à moi-
même le témoignagne, qu'aucun rapport
de liaison, aucune affection de société,
ne vient mêler son alliage au sentiment
vif et profond que ses talens m'inspirent,
et que j'ai essayé de rendre. Hors du
Théâtre, où je ne la vois jamais sans un
nouveau plaisir, la seule relation qui ait
existé entre nous, commence à la Lettre
dont j'ai accompagné mes vers en les lui
adressant, finit à la réponse que j'en ai
reçue ; et si j'avois observé scrupuleuse-
ment ce que sa modestie sembloit m'y
prescrire, cette bagatelle n'auroit point
vu le jour. Voici, entre autres choses, ce
qu'elle m'écrivoit : » Je le conserverai soi-
» gneusement (cet ouvrage), pour tâ-
» cher de m'approcher le plus possible du

A iij

» tableau que vous y faites : si je n'étois
» pas effrayée par la comparaison que l'on
» feroit avec l'original, que vous y avez
» flatté, je vous laisserois entièrement le
» maître de la publicité. J'espère que vous
» approuverez mes craintes, etc. « J'ai
pensé que cette modestie, qui sans doute
seroit excessive, n'étoit pas le seul motif
de l'obstacle que l'on m'opposoit ; j'ai cru
y voir en même temps un voile officieux
présenté par la politesse pour mettre à
couvert l'amour-propre de l'auteur, en
évitant de s'expliquer sur les défauts de
son ouvrage : c'est d'après cette idée, que
j'ai redoublé de soins pour en rendre la
lecture plus supportable ; et par l'accueil
qu'il recevra, j'apprendrai si j'ai réussi.

ESSAI POÉTIQUE

SUR QUELQUES PIÈCES

DU

THÉATRE ITALIEN.

HOMMAGE A MADAME DUGAZON.

Toi, dont le jeu piquant et m'étonne et m'enchante
    Dans vingt rôles si différens !
        DUGAZON, Actrice charmante,
Jadis de Terpsichore élève intéressante,
Dont la Muse comique envia les talens,
Et qui, de ses secrets aimable confidente,
        A tous ses prestiges brillans,
        Aux accens d'une voix touchante,
Sais de la Danse encor joindre les agrémens !

Heureux en te louant, jamais on n'exagère ;
Le peintre est dispensé de flatter ses portraits :
Et soit que l'on s'arrête à tes nouveaux succès,

A iv

Dont plus d'une Muse est si fière ;
Soit que l'on rétrograde à tes premiers essais,
Le Dieu des Arts te prêtant sa lumière,
De l'aurore au midi, te suit dans la carrière,
Et répand son éclat sur les pas que tu fais.
Ton organe a le don d'intéresser, de plaire ;
Ton regard, ton sourire et tes gestes si vrais,
Tout exprime, tout peint l'âme et le caractère
De chaque personnage embelli par tes traits.

Je m'unis à Dorlis, lorqu'à son Isabelle
Il souffle de l'amour la première étincelle.
Deviens-tu Roxelane ? émule du Sultan,
Aux lois de Mahomet, comme lui, peu fidèle,
Je mettrois à tes pieds l'empire et l'alcoran.

Si j'apperçois Louise, hors d'haleine, éperdue,
Les yeux en pleurs, sur la scène accourir
En criant à son père : » Alexis va périr !
» Votre feinte cruelle avec lui m'a perdue !....
De ton âme élancé, ce cri vient retentir
Jusqu'au fond de mon âme émue ;
Avec toi, l'on m'entend et pleurer et gémir....

A de pareils accens l'on reconnut Justine,

Qui depuis, aux dépens de ta frêle santé,
Sut ajouter encore à ta célébrité....
  Mais la coquette et volage Marine,
      Par intérêt, par vanité,
      Quittant Blaise qu'elle chagrine,
      Pour l'amant qu'une autre a quitté,
      Diffère, malgré sa gaieté,
      De la jeune et vive Chloé,
      Qui, délicate autant que fine,
      Et dédaignant le plat berger
      Que le lourd Midas lui destine,
      Préfère un aimable étranger,
      Dont elle ignore l'origine,
Mais que légèrement elle raille et badine,
Pour juger son esprit avant de s'engager.....

    Avec quel art et quelle intelligence,
De chaque rôle ainsi tu marques la nuance !

      Aujourd'hui, dans l'Amant jaloux,
Nous peins-tu l'air aisé d'une espiègle suivante,
      Qui devant ses maîtres plaisante,
      Et s'amuse aux dépens d'eux tous ?
Demain nous te verrons, sérieuse et sensible,
Du modeste René favoriser l'ardeur,

Et traiter lestement le conquérant la Fleur;
    Croire à peine qu'il soit possible
De cacher sous des traits où se peint la candeur
      L'âme d'un lâche suborneur,
      Et d'un ton gravement risible,
      Gémir sur un siècle trompeur;
      Puis, sans un effort bien pénible,
Pour un serment de plus, et d'un air enchanteur,
Rendre à l'amant aimé tous ses droits sur ton cœur..

      Que d'images délicieuses
      A mon esprit viennent offrir
Ces situations vives ou gracieuses,
      Touchantes ou voluptueuses,
Où ton expression cause tant de plaisir!

Ici, c'est Nicolette au péril échappée :
    D'un son plaintif son oreille est frappée;
      C'est la voix du tendre Aucassin,
Emprisonné, puni, pour l'avoir trop aimée,
Qui de sa tour lui tend une amoureuse main :
Vingt fois, pour la saisir, elle s'est élancée;
La distance vingt fois a trompé son dessein....
Que faire?... Auprès des murs une pierre avancée,
Secondant son effort, elle presse à la fin

Cette main qui frémit en la tenant pressée..
Comme la joie alors fait palpiter son sein,
Et s'exhale en soupirs de son âme oppressée!
 Voilà l'instant que je voudrois saisir,
  Si j'avois le pinceau d'Apelle;
 Et Dugazon me servant de modèle,
 A mon chef-d'œuvre on viendroit applaudir.

Modèle aussi parfait, Paysanne charmante,
 Veut-on la voir dans les Amours d'Été?
Sur ce banc de gazon quel air de volupté!
Quel aimable abandon! quelle langueur touchante!
 Comme sa voix et m'émeut et m'enchante!
Guillot, s'il écoutoit, en seroit trop flatté....
 Mais le voici plein d'amour et d'audace;
 Il est aimé, je lui cède la place:
Blaise auprès de Babet sera moins fortuné....

  C'est là que le talent inné
  De cette Actrice inimitable
  Dans tout son éclat s'est montré:
Son art y développe et nuance à son gré
Toutes les passions qu'un enfant redoutable
Réveille dans un cœur délicat et blessé,

Où des soupçons jaloux le poison s'est glissé :
Du plus malin des dieux amusement coupable !
Prends courage, Babet ! toujours de quelques pleurs
Le cruel fait payer ses plus douces faveurs :
Ah ! sans doute qu'il veut en combler la mesure,

Et te compter avec usure

Le prix d'un jour trop long, marqué par ses rigueurs.
Il émousse déjà la pointe de ses armes ;
D'un ruban qu'il choisit tu vas parer tes charmes,
De l'amant qui le donne il est la caution,
Et se joint à l'hymen pour essuyer tes larmes.

A la touchante émotion

Qui de la tendre DUGAZON

Nous faisoit partager les regrets, les alarmes,
Succède alors une autre illusion ;

Et les yeux de l'enchanteresse,

Qui peignirent si bien le dépit, la douleur,

Expriment encor mieux l'ivresse

Et de l'amour et du bonheur.

Ainsi dans tous ses traits le sentiment respire ;
Il sait rendre éloquens ses gestes, son sourire,
Pénètre ses accens du charme qu'il produit,
Et dans nos cœurs émus avec eux s'introduit.

Vif, ardent, il anime, il embrâse Colette,
Donne à ses mouvemens la grâce qui le suit;
Sur ses pas, à la Dot, en foule nous conduit.
A l'ombre du mystère, il brille dans Laurette,
Au plus noble intérêt se mêle, et nous séduit
Par le trouble attachant d'une ardeur inquiète...

De ta raison, Nina, remplaçant le flambeau,
Il fait luire sa flamme à travers ton délire;
Oppose à tes chagrins le consolant tableau
De la tendre pitié que ton malheur inspire;
Note, pour les suspendre, un air de chalumeau *,
Que, sous d'agrestes doigts, mollement il soupire;
Te flatte chaque jour, par un espoir nouveau,
De revoir ce Germeuil que ton âme desire;
Le ramène à tes pieds des portes du tombeau :
Et satisfait alors d'un triomphe si beau,
Ranime tes esprits et leur cède l'empire.

Impatient de voir ce chef-d'œuvre de l'art,
O NINA-DUGAZON! je m'apperçois trop tard
   Que sur ma route il est maint paysage
   Qui manqueroit au récit du voyage.

____

* Jai cru pouvoir disposer du choix de l'instrument.

Retournons sur nos pas, réparons notre erreur.

A tes côtés, dans un pélerinage,

Le chemin le plus long sans doute est le meilleur.

Quel charme tu répands sur le Droit du Seigneur,

Où rappelant ces beaux jours d'innocence

Qui du monde éclairoient l'enfance,

Tu viens, le front paré des lis de la candeur;

A l'objet avoué de ta pudique ardeur,

Engager un cœur pur, garant de ta constance,

Que n'éblouiront pas la perfide éloquence;

Et l'or avilissant qu'étale un séducteur !

A mon esprit encor ton image est présente

Dans le Poète supposé *,

Lorsque, s'embellissant de ta grâce piquante,

Aux yeux du parterre abusé,

Un personnage d'Innocente

Parut avec l'attrait de l'ingénuité.

---

* On se souvient sans doute du rire général que l'Actrice excitoit,
en chantant des couplets, dont voici le refrain :

Ça n'devoit pas finir comm'ça ,
Puisque ça commençoit par là. (bis.)

De tons et de couleurs quelle variété,
    Lorsqu'un éclair de fantaisie *
    Que fit naître la nouveauté,
Montra sous tes pinceaux la sombre jalousie,
Et la haine couverte, et le zèle affecté
De l'altière Ladi, rivale de Sophie,
Qui, repoussant l'amour de son cœur irrité,
Sur Jones, qui lui plut et qu'elle sacrifie,
De ce qu'il aime ailleurs venge sa vanité !

Faisons un dernier choix, et qu'il plaise à Thalie;
De vos communs succès terminons le concours
Par ce gai badinage, où jouant la Folie,
    Et plaidant contre les Amours,
Tu nous vois enchantés de ta vive saillie,
Mais à tes argumens indociles et sourds;
Où, vainqueur, à ton char l'espiègle dieu nous lie,
Et bravant ta censure, en riant nous convie
A voler à tes pieds réfuter ton discours.

---

* Madame DUGAZON, qui, dans la pièce de *Tom-Jones à Londres*, a joué avec tant de supériorité le rôle de Ladi Bellaston, quoiqu'il ne fût ni de son emploi, ni dans le caractère de son talent, l'a abandonné, si je ne me trompe, après une ou deux réprésentations.

Es-tu Babet enfin , Thérèse ou Nicolette,
Jacinthe , Roxelane , ou Louise , ou Colette ;
Sitôt que tu parois, un charme impérieux
Fait circuler la joie , anime tous les yeux ,
Enchaîne la cabale , immobile et muette ,
Et force à t'applaudir , même les envieux.
Qui t'a vue une fois , absente te regrette ,
De toi seule au théâtre attend ses jours heureux ;
Jeune , brûle pour toi d'une flamme secrette ;
Du trouble de son cœur s'étonne , s'il est vieux ;
Et voyant ton air fin , touchant ou gracieux ,
    Enchanté le barbon répète
    Ce refrain qui te sied au mieux :
  » Le joli péché d'amourette ! «

www.ingramcontent.com/pod-product-compliance
Lightning Source LLC
LaVergne TN
LVHW021731030726
842523LV00004B/1365